LA JOVENCITA

Follada por don Zacarías

Novela erótica kindle

RICO RICO

"una noche cuando el jefe de la legión romana llegó a Egipto, la reina cleopatra los recibió con fervor, y esa misma noche les practicó felaciones a más de 200 soldados, donde al final sus ayudantes llenaron con semen 5 copas de plata y se dispusieron a untarlo en todo el cuerpo de su reina". ESORTO

Me ayudarías muchísimo si me dejas un comentario de cómo te pareció dicha historia. Muchísimas gracias.

ÍNDICE

PRÓLOGO

Están buscando historias eróticas verídicas con una fuerza sexual excitante, te sugiero que te adentres en este pequeña historia, que estoy cien por ciento seguro que te fascinará, y te dejará a punto de masturbarte e ir por tu coño, o si eres chica de ir con tu hombre papi, ¡oh claro que sí! A que te de eso que deseas probar. Sin más que agregar te dejo para que disfrutes y te haga sentir cosas deliciosas.

¡IUGH! QUE ARRUGADA Y GORDA ES

Perlita, la protagonista de este relato, era bastante inocente e ingenua, para cuando sus papis decidieron mandarla muy lejos de su ciudad, y todo debido a su evidente desobediencia que era cada vez más difícil de controlar. Y para que cometiera una imprudencia loca, resolvieron que la mandarían lejos de Barcelona España, específicamente a un pueblo en el campo, donde solo era habitada por puros ancianos que no representaban ninguna amenaza para su nena, que ya se le miraba que le alborota la cosa, y por lógica seguramente iba a desear una polla pronto. Es lo normal de esos años de los 18 a los veintitantos.

Perlita ya había abandonado el bachillerato en el segundo semestre porque no le gustaba mucho y había inventado que padecía depresión. Tampoco le daba gana buscar un trabajo a pesar de que sus padres le insistían constantemente. Solo se la llevaba chateando en un chat de mala muerte en internet y al parecer con su ciber noviecito, un tipo que le estaba calentando la concha, y por lógico sus queridos padres cuando se enteraron de dicha sorpresita no escatimaron en alistar su equipaje y mandarla de inmediato al pueblecito de Bornet con su vieja tía Matilde de 60 añitos. En ese lugar lleno de ancianos boludos que ya no se les paraba la polla ni con píldoras, serían el escaparate ideal para su nena, y quizás dejaba ya esa maldita rebeldía de esas edades.

—No seas así papá, no quiero irme a ese pueblucho. —renegó la jovencita de escasamente 18 anitos de edad, edad ideal para que ya tuviese un noviecito y que le enseñara cositas…

—Tiene que hacerte la idea Perla. No vamos a tolerar tu mamá y yo que te conviertas en una ramera mas, y te vayas con uno y otro y andes entregando las nalgas por ahí en esas redes. No quiero ser un estúpido que después anda manteniendo hijos por tus puterias. —respondió fuertemente y algo furibundo mientras le daba una mirada indulgente como diciendo: "aquí manda papá y nada podrás hacer". Su madre doña Naty solo le dio una mirada y asintió dándole la razón a su hombre; Don Roberto que ya se aproximaba a los 54 añejos.

— ¿Pero qué piensas que voy hacer alla, ni siquiera hay televisión ni muchos menos red inalámbrica? No seas un ogro papá. —refutó casi a punto de llorar, y de suplicarle de rodillas a sus papá, pero fue completamente en vano, debido a que su padre era testarudo y no lo sacaría de ahí, ya que había decidido ya que al día siguiente partiría al campo donde se encontraba aquel pueblito de Bornet, donde tal vez, pasaría unas temporadas para que se le bajarán los demonios de la juventud.

Y justamente así lo hicieron. Muy madrugada con todo, berrinches y lloriqueos don Roberto y doña Naty llevaron a su nena a la estación de camiones que la llevarían cerca de otra sección donde estaría su querida tía Matilde esperándola. Que había ido de compras a otro lugar y la esperaría para llevarla a Bornet a 84 kilómetros de Barcelona. No había de otra para Perlita que resignarse a permanecer varias temporadas en ese pueblucho que no contaba con servicios básicos como red inalámbrica o televisión de cable.

Treinta noches después, cansada de todo el día pasar encerrada en aquel caserón de ladrillo de su tía, y únicamente mirar las malditas avenidas empedradas sin gente que las caminara o de divisar a lo lejos, las enormes montañas verdes y la fauna de aquel lugar, se dispuso salir a dar un paseo por aquel odioso pueblo, no sin antes avisarle a su tía Matilde.

—Iré a darme una vuelta para desestresarme en la plaza. —manifestó dirigiéndose a la salida de aquella casa, y a sus espaldas escuchar apenas: "claro mi niña. Solo no tardes mucho que haré la cena…"

Perlita iba vestida bastante atípico para aquel lugar tan recatado, ya que vestía un vestidito de flores ajustadito que le hacía ver sus preciosas piernas. No trascurrieron más de 35 minutos contemplando las flores de aquella plaza donde estaba un Kiosco en medio cuando una voz ronca de alguien mayor se escuchaba a sus espaldas, provocándole un reparó del susto.

— ¡Huy, santo papa Bergoglio! parece que se están escapando los angelitos del cielo, quien fuera San Miguel para disfrutar de tanta belleza. —había vociferado el anciano al tiempo que le daba evidentes miradas lujuriosas que la recorrían de pies a cabeza, y causando evidentemente una incomodidad y disgusto de cierta forma a la jovencita. Perlita no quiso ser maleducada y solo dio una sonrisa sin ganas. Deseando que aquel anciano rabo verde de quizás 75 años se largara de ahí y la dejara en paz con sus miradas sucias.

—Buenas tardes… —dijo apenas saliéndole la voz a la hermosura.

—Huy que rico… —susurró el viejo solamente escuchándose el solo, —viviendo años aquí jamás habían venían angelitos tan preciosos a este pueblito. Creo que ya era hora. —agregó dejando escuchar su tono de voz que significaba como si de una seducción de un galanazo se tratara. —para mis amigos Zacarías y para muchachitas tan preciosas como tú: don Zaca.

—Me da gusto conocerlo don Zacarías. —

dijo la muchacha bastante incomoda deseando que ya se largara el viejo que no le despegaba la vista como si se la quisiera comer. Pero ya cuando decidió por fin salir de ahí para no pasar ese mal rato; El anciano exclamó:

— ¡Detente princesa! —gritó alto al tiempo que tragaba saliva como si de un perro en celo se tratase. — haré un encargo de panecillos y galletas de chocolate de las que vende tu tía Matilde los Sábados. Esa fue la razón porque que me acerqué a ti. Hace un mes llegaste con ella. Yo estaba en la parada de autobuses, y te vi que ibas acompañándole y deduje que eras como su sobrina. Espero, no te haya incomodado pequeña. — sentenció. Luego de aquel comentario, Perlita le tomó un poco más de confianza y permaneció ahí otro rato más charlando, para al final retirarse y comentarle a su tía Matilde sobre el grandioso encargo de panecillos que le había dicho el señor don Zaca, bueno,

Zacarias, —.

—Oye tía Naty, se me olvido decirte cuando llegué… un anciano bastante feo se me acercó en el parque donde está el Kiosco y me comentó que quería para sábado un encargo de panecillos y galletas de chocolate.

Tía te quería te quería comentar que un viejo, se me acercó en el quiosco mientras miraba las flores y me dijo que quería un encargo de galletas.

—Estupendo querida, ¿y no te dijo de casualidad como se llamaba?

—Pues si me dijo, como Zaca… ¡ah ya! Zacarías creo. —refutó la muchacha.

Una vez de acabar de decir eso, la señora Matilde hizo unas carrasperas como cuando estas bastante nerviosa. En otras palabras, eso significaba como: ¡huy que secretos! Claramente, a doña Matilde don Zacarías, le hacía recordar muchas cositas, y no muy buena que digamos.

—Si lo conozco. —Dijo ella. —Por lo que tu cariño irás a entregárselas el sábado, —propuso la vieja, —él vive a las orillas del pueblito que está cerca de un camposanto.

— Pero ¿yo? y usted a donde irá. —refuto Perlita casi en tono de inconformidad, como diciendo: "vaya usted, vieja zángana".

—Porque tengo que llevar otros encarguitos al otro lado de la villa. ¡No te quejes! Además conocerás el final del pueblo que es muy lindo—.

Unos días después Perlita con canasto en mano llevaba más de kilo y medio de panecillos y galletas de chocolate para aquel viejo de nombre Zacarías. Demoró alrededor de veinte minutos llegar hasta las orillas de aquel pueblo que estaba cerca de un cementerio. Una vez afuera de la casa antigua de aquel viejo, no dudó y tocó la cerca que rodeaba aquel caserón. No tardó mucho en asomarse, para luego salir aquel anciano con camiseta sin mangas, presumiendo una musculatura en decrepitud.

—Buenas tardes perlita. Que gusto de nuevo poder verte. Espero que estés bien. —comentó en un tono más cordial, sin nada de sexosidad, y todo por qué no quería correrla, ni hacerla sentir incómoda. Tácticas de todo Don Juan usa cuando creen que pueden conquistar una víctima.

—Le traigo los panecillos y las galletas que, que… —tartamudeó para luego proseguir. —las galletas que le había encargado a mi tía Mati… Matilde.

—Genial perlita te lo agradezco muchísimo. Porque no me acompañas, apenas voy a degustarlas. —propuso el anciano poniéndola de repente bastante nerviosa ya que no deseaba entrar aquella enorme casa que colindaba con las montañas y abundante vegetación.

—No traigo mucho apetito, —contestó.

—No es bueno que desprecies una comida a un viejo, no tardarás mucho, además tenía pensado que le llevaras algunas cosas a tu Matilde, aparte que tengo que pagarte el encargo—.

A pesar del momento incomodo Perlita, al fin aceptó y entró aquella casa que cubría una hectárea. El viejo Zacarías no demoró mucho y comenzó a usar sus dotes naturales de galán seductor que le había dado fama alla por 1960, donde era un gigoló para follar féminas. Y para no ir muy lejos, entre su lista estaba la putita de la tía Matilde, que normalmente le hacía favorcitos sexuales cada quince días dejándole todo el coño como coladera. De broma en broma, la nena fue cayendo en las seducciones labiosas de ese anciano pícaro que tenía, evidentemente la intención de fallársela. ¡Oh sí! de darle rico por ese culito.

— ¡Oye princesa! Ya tienes novio supongo. —preguntó en son de broma.

— ¡Ojalá fuera así! pero mis papás no me lo permiten, ni siquiera porque a cabo de cumplir 18. Y ese fue el motivo de porque estoy Aquí. —contestó con cierta tristeza, y él sin pensarlo dos veces, no dudó en acercarse y consolarla; dándole un pequeño abrazo de oso, que ella no reparó en aceptárselo, pero el meollo fue que Don Zacarías se arrimó demasiado, ya algo excitado y provocando que ella percibiera con el roce, algo entre sus piernas que le sacó un susto y vocifero…

— ¿Qué mierda fue eso? —dijo ella.

— Él echó una mirada al instante hacia su entrepierna al tiempo que Perlita hacia lo mismo, y para sorpresa de ella, una bestia venosa y gruesota se distinguía sobre el pantalón deportivo que llevaba el viejo, haciendo que su cosota pareciese de otra dimensión. Perlita quedó con la boquita abierta como diciendo. Mmm, mmm… Claro que sabía que era la polla, pero nunca había tenido esa atípica experiencia debido a que era virgen. Bueno sin contar que tenía el vicio de mirar en pornhub videos y solía meterse los fingers (dedos) ya hacía meses la bitch. Pero debido a que en el pueblo no había red inalámbrica solo podía imaginarse las escenas que le quedaron grabadas de la polla palpitante de Nacho Vidal cuando penetraba a su reina Franchesca James.

—Espero no te haya molestado, es que no me es fácil ni siquiera a esta edad controlar mis impulsos salvajes…—aseveró el anciano sinvergüenza hijo puta.

— ¡Es gruesote! —había dicho de repente la jovencita al tiempo que se tocaba incesantemente su pelo, y se lamia sus labios indicio cuando una mujer tiene calor, o al menos esta lista ya para chuparla.

—Apoco no… ¿apoco no te encantaría una cosa así? —preguntó sin el más mínimo respetó el viejo como una manera de proponerle acostarse con ella. Ya que le había dado mucha confianza escuchar de aquella putilla la aclamación; "esta gruesota".

Perlita tragó saliva para humedecer su garganta producto de la situación, y luego profirió, — es que soy virgen y no se dé eso —.

Don Zacarías de ninguna manera se rindió en la batalla por conseguir ese coño, y lanzó un propuesta directa al tiempo que bajaba su pantalón sport sin el más mínimo pudor y vergüenza, al momento que dejaba ver un miembro genital espeluznantemente; enorme venoso y gruesote en entre sus flacas piernas, provocando inmediatamente, en la muchachita de 18 que estuviera al límite de la excitación y que en su rostro se miraba que deseaba palparla.

Don Zacarías no dudó y se aproximó a ella y le susurró: "nenita nena, deseas mamarla" —ella respondió con un claro ¡Iugh que arrugada y babosa es en real".

—La vas a gozar más que una paleta de popsy, —luego de terminar de decir esa frase don Zacarías le metió la mano por todo sus vestidito rojo entallado que traía para luego las dos manos del marrano Zaca entraban por la vagina tiernita de aquella mujer, y acto seguido la traía a su boca empapada de fluidos virginales y lamerla. Claramente la nena estaba caliente. Perlita se rehusaba a darle unas mamaditas, pero al final el puerco de sacarías la puso al éxtasis, mientras la dedeaba ricamente. Y ella lanzaba pequeños: "huy que delicia", y gemidos que pondrían a cualquier pajero al borde del clímax. Acto seguido Perlita aceptó y comenzó a chuparla como si fuera una rica paleta. Evidentemente, no contaba con mucha experiencia, pero esas mamaditas sabían mejor que cualquier mamada de la mejor Jada Stevens. Tenerla de rodillas y contemplándole su preciosa carita hacía que el viejo por la excitación pronunciara cosas como: "ahhhh… ahí sí, ahí si mi putita, mi perrita chúpale más, no te detengas nena".

Una vez de haberse convertido en una catadora, y algo nuevo para ella, Don Zacarías la puso en posición de a cuatro donde le mostró su culote de princesa. Poseía una vagina preciosa y una de tetas que no reparo en amarlas hasta que se las lamio hasta el cansancio. Acto seguido la gruesa verga de él comenzó a romper el himen como si se tratase de una bestia. Pobrecita jovencita de 18 probaba una gran verga que cada vez que entraba por aquella pussy sacaba algo de sangre virginal. Ella solo hacia grititos casi como susurros: ¡que rico Zaca…! ahí ahí que rico tu pene. Me da cosquillas, ahí…

Aquel grato encuentro fue tan existente y placentero para ambos, que esa aventura la volvieron a repetir más aquella primavera del año 1998. Provocando que el viejo Zacarías retomara un cuarto aire a sus 76 años. Cualquiera que probara un culito tan rico de una jovencita de 18 como Perlita haría lo mismo. Las semanas pasaron como el viento y los papás de Perlita vinieron a llevársela, pero claramente ella ya no deseaba irse. Porque había conocido al amor de su vida; su semental. Ya que si se iba ya no le haría cosas que había apenas aprendido. Extrañaría esa enorme polla gruesa y venosa de don Zacarías Gonzales. El coño (pussy) de Perlita nunca más volvió a catar un miembro fálico tan delicioso según me relató personalmente. A sus 27 años regresó a Bornet para sencillamente encontrar la sepultura y el epitafio donde descansaban los restos de don Zacarías Gonzales. "Su macho" aquel que nunca pudo olvidar y al que cada 12 meses regresaba y le lleva varios regalos a su mausoleo como recuerdo a su memoria.

En estos momentos perlita ya cuenta con 38 años, y con una lista interminable de hombres en su haber, intentado poder olvidar aquel viejo hombre que le molestó en un principio, pero después logró ser su macho alfa. Un anciano que le hacía sentir orgasmo tras orgasmo, mientras su fibroso nepe entraba por su culo palpitante. Nadie pudo hacer semejante hazaña de nuevo. De acuerdo a lo me dijo es que si estuviera en sus manos un deseo, pediría ir a los años donde Zacarías Gonzales gozaba de plenitud física y seguramente hubiese tan bien contado con un poder sexual sin igual, y obviamente una vergota que la llenaría su vagina como cuando lo hizo a sus 18 primaveras, y cabalgó como una putilla cualquier, pero gozando y siendo feliz sin importar el que dirían.

Ahora cuando practica el sexo con su nuevo hombre Luis, suele decir casi siempre en el acto: ahí sí, ahí ahí que delicia, méteme las bolas no te detengas… ¡oh sí Luis! si así, ¡oh que rico tu verga Zacarías! para inmediatamente enfrascarse en rabietas por celos que le dan a Luis por preguntarse: ¿quién mierdas es ese tal Zacarías? para siempre al final resignarse como respuestas tan vagas de su putita ramera como:" escuchas mal, ni siquiera conozco a ningún Zacarías… además solo te amo a ti".

Perlita en estos momentos está dispuesta a conocer a un Zacarías si es que cumples con las mismas características del viejo. Si tú eres uno tal cual, puedes dejar tu correo y contarla. Ya que no está muy satisfecha con su actual pareja Luis. Chicas, si ustedes igual buscan a un Zacarías: yo Rico Rico: digo presente.

CONTACTO DEL AUTOR: jairvaguas@gmail.com